DER KOPF IST
FÜR DAS DENKEN
RUND

Ein liebe

Halle (Saale), 27.05.16

Danilo Pockrandt

DER KOPF IST FÜR DAS DENKEN RUND

Gedichte für Groß und Klein

HASENVERLAG HALLE

ZUM GELEIT

Die Welt ist ein Theater,
ob Kinder, Mutter, Vater,
wir alle spielen Rollen,
auch die, die wir nicht wollen.

Die Tiere spielen auch
frei aus dem Bauch heraus.
Das ist ein buntes Treiben
und wird es lange bleiben.

Mal gibt es was zum Lachen,
zum Schmunzeln und auch Sachen,
die leider traurig enden,
auch wenn wir's besser fänden,

dass alles springt und lacht,
uns endlos heiter macht.
Das Spiel nimmt seinen Lauf.
Viel Freude – Vorhang auf!

WUNSCHBILDER

I

Wenn die Bären Trauer tragen,
füllen sie die Bärenmagen,
bis sie satt in Schlummer fallen,
friedlich ruhn die Bärenkrallen.

Traurig sind die großen Bären,
weil sie lieber Vögel wären,
frei und leicht durch Lüfte sausend,
überall und nirgends hausend.

Da sie traurig weiterfressen,
können sie gleich ganz vergessen,
dass im Flug sie Tatzen breiten,
Länder rasch vorübergleiten.

Einer klettert in die Wipfel
bis zum allerhöchsten Zipfel,
träumt, dass er, anstatt ein Bär,
endlich eine Schwalbe wär.

II
Vögel wären lieber Bären,
weil sie dann viel stärker wären,
ihre Pranken wären mächtig,
Stimme nicht ganz hitverdächtig.

Zottelfell statt bunter Zierde,
eingesaut mit Moos und Erde,
keine Katze würde wagen,
diesen Riesen je zu jagen.

Winters in den Süden reisen,
sommers süße Früchte preisen,
wär im Ganzen dann vorbei.
Ist das wirklich einerlei?

Besser wäre abzuwägen,
wo denn die Probleme lägen,
ob nun Vogel oder Bär,
beides lohnt sich, hin wie her.

GEHEIMER WINKEL

Die Katze ist ein schlaues Tier.
Sie wartet meist bis viertel vier.
Dann schneit es Krümel von Balkonen.
Die Meisen in Kastanienkronen

halten Ausschau nach dem Schmaus.
Die Katze harrt im Winkel aus.
Zur Kaffeezeit – da klimpern Tassen.
Die Katze kann ihr Glück kaum fassen,

als eine Schar vergnügter Meisen
sich niederlässt, um fein zu speisen.
Der Katze Schwanz wie eine Schlange
ringelt sich – sie zögert lange,

loszuspringen, kleiner Panther.
Die Meisen hüpfen durcheinander.
Mal hier, mal dort, grad da, schon fort,
sie bleiben kaum am selben Ort.

Die Katze wählt die dickste aus
und springt grad aus dem Winkel raus,
da fällt ein Löffel vom Balkon,
die Meisen auf und flink davon.

ABHEBEN

Im Park weht Frühlingswind
und hebt uns aus den Schuhen.
Wer will denn weiter ruhen,
wenn wir wie Wolken sind?

Die Vögel starren stutzig
und wienern ihr Gefieder.
Wir pfeifen ihnen Lieder.
Das finden sie recht putzig.

Die Katzen indes träumen
sich in Gestalt von Bäumen,
wobei sie Platz versäumen,
der Logik einzuräumen.

WUNSCH DES IGELKINDES

Ein Igeljunges, klitzeklein,
das wollte eine Klette sein.
Dann könnte es sich ohne Mühe
an Fersen heften in der Frühe.

Am Abend wär es dann weit weg,
es käm so schnell wie nie vom Fleck.
Das kleine Igeljunge hätte
so gern die Haftkraft einer Klette.

SOMMER

Das Gras wiegt sich im Wind,
wie Wellen wiegt es sich,
es liegt ein stilles Kind
ihm mitten im Gesicht.

Das Gras wiegt sich im Wind und biegt
die vielen grünen Rücken,
dem Kind, das tief inmitten liegt,
zum schallenden Entzücken.

Es lacht, das Gras lacht leise
mit ihm, wie wunderbar,
raunt eine alte Weise
dem Kind ins offne Ohr.

Das Gras wiegt sich im Wind,
wie Wellen wiegt es sich,
es dreht das Kind sich um und lacht
dem Gras ins Angesicht.

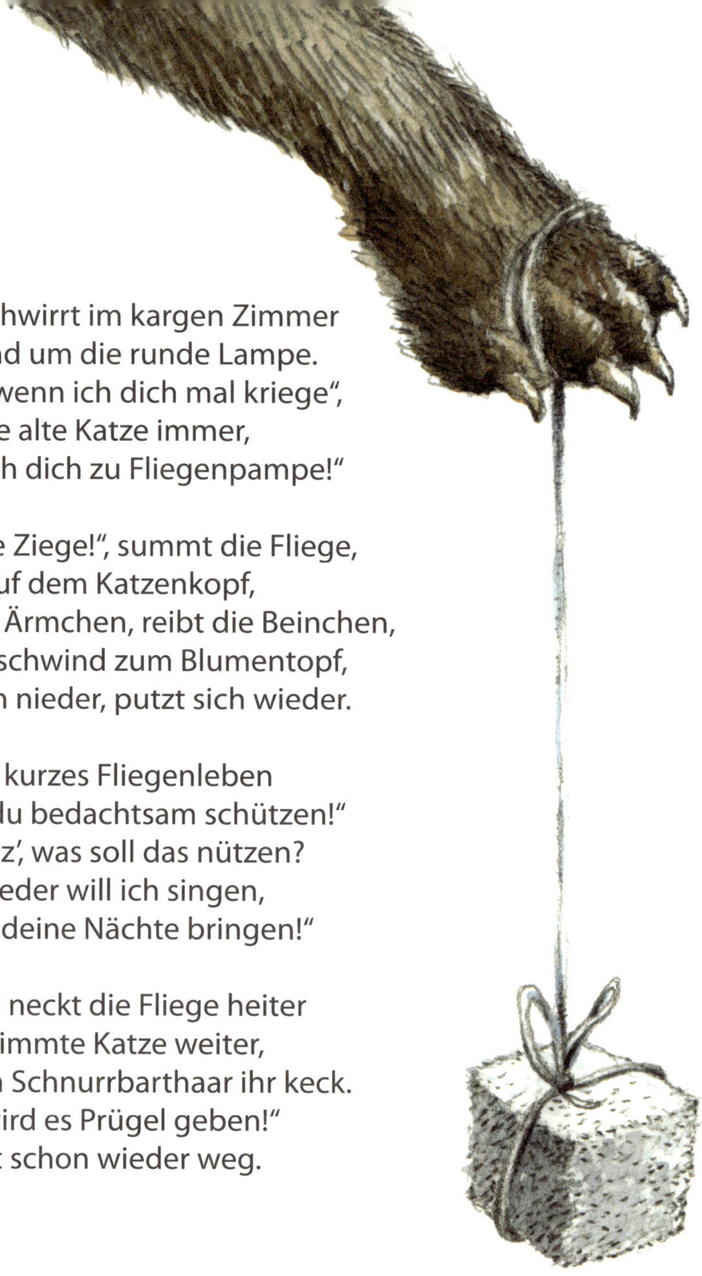

FLIEGE

Fliege schwirrt im kargen Zimmer
summend um die runde Lampe.
„Fliege, wenn ich dich mal kriege“,
murrt die alte Katze immer,
„mach ich dich zu Fliegenpampe!“

„Dumme Ziege!“, summt die Fliege,
landet auf dem Katzenkopf,
reibt die Ärmchen, reibt die Beinchen,
fliegt geschwind zum Blumentopf,
setzt sich nieder, putzt sich wieder.

„Dein so kurzes Fliegenleben
solltest du bedachtsam schützen!“
„Alte Katz', was soll das nützen?
Fliegenlieder will ich singen,
dich um deine Nächte bringen!“

Kreisend neckt die Fliege heiter
die verstimmte Katze weiter,
zupft am Schnurrbarthaar ihr keck.
„Dafür wird es Prügel geben!“
Fliege ist schon wieder weg.

STREIK

Die Produktion von Frischluft hat,
als eine Mahnung an die Welt,
ein Wald ganz einfach eingestellt,
es streikt in ihm das kleinste Blatt.

Wohin das Ganze führen wird,
das weiß der Wald nur ungefähr,
es ist ja wirklich lange her,
dass jemand ihn mal rauschen hört.

Das Angebot von Sauerstoff
ist marktgesättigt und stabil,
der Wald, trotz Größe infantil,
verharrt, vernarrt, mucksmäuschenstill.

LEBEN LASSEN

Der Weberknecht säuft in den Ecken
Insekten leer wie Dosenbier.
Mag Leichenbräu ihm dennoch schmecken,
ich schenke ihm den Apfel hier.

Fast kannibalisch vorzugehen,
steht diesem Langbein gar nicht gut.
Er sollte endlich mal verstehen,
wie man dem Körper Gutes tut.

Am Morgen durch die Wälder joggen
und freie Radikale meiden.
Nicht immer in der Bude hocken,
als Vegetarier verkleiden.

Den Apfel tippt er einmal an,
die Umerziehung kommt zu spät,
er tut, was er am besten kann,
indem er neue Netze näht.

DIE RAUPE

Na, ist denn Salat ungesund?
Von Grünzeug werd ich kugelrund,
und wer mich dick nicht leiden kann,
fängt hier umsonst zu mäkeln an.

Denn eines ist doch längst bekannt,
ich, Fressack, sammle Proviant,
damit ich gut gerüstet bin
für's Abenteuer Schmetterling!

NACHTMAHL

Ich sah mal Würmer, ungelogen,
die flogen nachts im hohen Bogen,
so sah ich's wirklich aus der Ferne,
an eine brennende Laterne.

Sie brutzelten, es roch nach Grill,
wenn's mir auch keiner glauben will,
und stürzten knusprig auf den Rasen,
worauf sie Igel schmatzend fraßen.

Die Igel bogen Halme krumm,
sie spannten lange Halme, um
die armen Würmer aus den Wiesen
an den Laternengrill zu schießen.

Da regte sich schon bald darauf
ein Nacht- und Nebelfalter auf:
„Einst waren, zischend zu verschmoren,
wir Fluginsekten auserkoren!"

TROST

Eulen siehst du niemals heulen,
Eulen heulen, wenn dann, nachts.
Tags dann heulen Eulen immer
tief im Dunkel eines Schachts.

Eines will ich noch verraten,
weinst du nachts in deinem Zimmer,
ja, das kannst du mir ruhig glauben,
sehen Eulen das fast immer.

Geh doch einfach an dein Fenster,
wünsch den Eulen Gute Nacht!
Du wirst sehen, dass das glücklich
dich und alle Eulen macht.

DER TRAUM

Im Körbchen schläft der Schleifchen-Pudel.
Er träumt des Nachts von einem Rudel
wilder Wölfe, die im Winterwald
Spuren wittern – Wind bläst kalt.

Die Raubtieraugen funkeln grün,
als leise sie durchs Dickicht ziehn,
die Zähne scharf wie Fleischermesser.
Ein Reh versteckt sich da wohl besser.

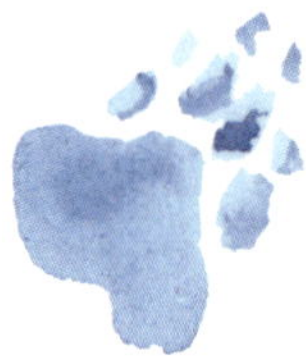

Ein Hase hat nicht solches Glück.
Er hüpft in seinen Bau zurück.
Die Wölfe folgen seiner Fährte
und graben knurrend in der Erde.

Der Hase denkt: Es ist vorbei!
Die Höhle bricht mir gleich entzwei!
Als dann ein Wolf die Zähne bleckt,
erwacht der Pudel schweißbefleckt.

Er richtet sein zerknülltes Kissen.
Das warme Laken ist zerrissen.
Sein Frauchen wird es morgen tauschen
und er wird brav dem Radio lauschen.

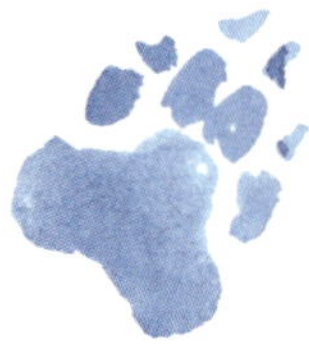

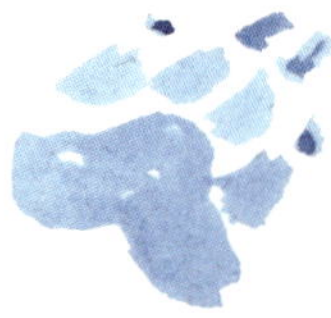

DER BRILLENBÄR

Der Brillenbär hat gute Augen,
die ihm auch ohne Brille taugen,
nur zeichnet die Natur ihm schlicht
zwei weiße Kreise ins Gesicht.

Die Brille ist ins Fell gefärbt
und wird von Bär zu Bär vererbt,
sie wächst ihm einfach im Gesicht,
den Brillenbären stört das nicht.

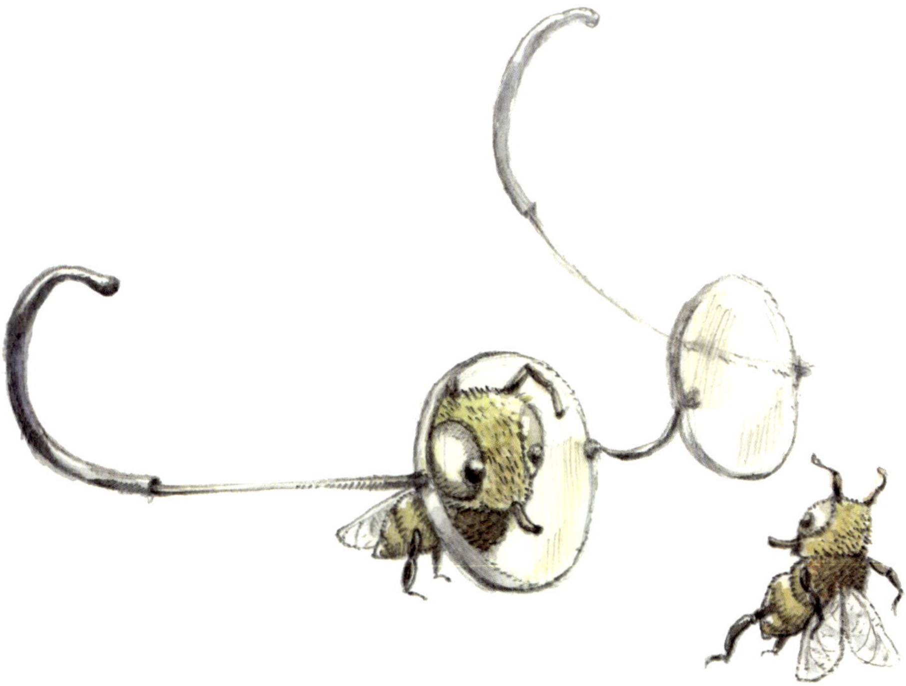

DREI SICHTWEISEN

I
Drinnen

Der Bonsai ist ein Minibaum.
Er will Karriere machen.
Er will den Traum vom großen Baum
bald bei der Wurzel packen.

Tagtäglich sieht vorm Fenster er
die großen Bäume winken.
Das stört den Bonsai immer mehr,
nie sitzen Amseln, Finken

in seiner viel zu kleinen Krone.
Es brächen ihm die Äste.
Drum steht er weiter ohne
die plauderhaften Gäste.

Vorm Fenster zieht ein Sturm heran,
zerreißt die Eichenkronen.
„Ach", seufzt der Bonsai, „sieh dir an,
wer wird das Große schonen?"

Zur Untermiete, denkt er dann,
will ich hier lieber weiter wohnen.

II
Draußen

Die Linde tippt die Eiche an:
„Ob dieser Zwerg Japanisch kann?
So hinter Glas wird's öde sein."
Dann nicken ihre Zweige fein.

„Kein Wunder, dass der mickrig bleibt,
im Jahr nur eine Blüte treibt.
Wann schenkt dem kargen Klapperbein
denn endlich jemand Wasser ein?"

„Dass der sich hier noch heimisch fühlt",
betont die Eiche unterkühlt,
„so schön wie wir kann der nie sein,
so prächtig und so artenrein."

Sie führen viele Stunden lang
ein Spottgespräch von höchstem Rang,
empfinden sich der Ringe wegen
gleich für Jahrzehnte überlegen.

Ein Ende setzt des Dackels List,
der beiden an die Rinde pisst.

III
Dazwischen

Der Dackel meldet sich zu Wort,
weil er was auf der Seele hat.
Das kriegt er nur durch Reden fort,
er hat den schönen Schein so satt:

„Ich hab zwar rappelkurze Beine
und hänge meistens an der Leine,
nur ärgert mich, nicht erst seit gestern,
wenn andre bitterböse lästern.

Die beiden Bäume müssen spinnen,
ich wohne ebenfalls im Haus.
Der brave Bonsai steht halt drinnen,
wir beide sehen mickrig aus.

Nur war das niemals von Belang,
den Kleinen wird zumeist erst bang,
wenn Großes sich noch größer macht,
und über das, was wächst, laut lacht.

Zum Anstoß sei das mal betont!" –
Dann geht es weiter wie gewohnt.

TROPISCHE FRUCHT

Ich liege ziemlich nah am Stamm,
bin gar nicht weit gefallen,
und schau ich mir den Stamm so an,
dann merke ich vor allem,
dass er zur Eiche nicht gehört
und auch nicht recht zur Linde,
was mich schlussendlich gar nicht stört,
sofern ich Heimat finde.

ELEFANTENKARAWANE

Po an Nase, Po an Nase,
einer läuft sich eine Blase.
Blase platzt, ein Sturz und dann
hält die Karawane an.

„Komm, wir müssen laufen, laufen,
endlich wieder Wasser saufen!
Rasten wir erst hier, oh Graus,
trocknet das Gewässer aus!“

Also hoch, den Schmerz ertragen,
weiter laufen, nicht verzagen,
Po an Nase, Po an Nase,
Gleichschritt halten, auch mit Blase!

PAAR SCHUHE

Es steht im Flur ein alter Schuh,
der reisen durfte, immerzu.
Nur ohne einen Ehrenplatz,
meint er, wär alles für die Katz.

Der zweite Schuh kam längst abhanden
beim Wandern durch ganz Afrika.
Platt an der Sohle klebt er da
bei einem Elefanten.

WARUM DER BIBER DÄMME BAUT

Der Biber mag das Planschen sehr,
drum schwimmt er ständig hin und her
und staut den Fluss, so gut er kann,
zu einer Badeanstalt an.

So schafft er sich sein Paradies
aus Eigenantrieb überdies –
nur hält er auch die Fische auf,
die Lachse stauen sich zuhauf.

„Wir wollen wandern, blöder Biber!",
so schimpfen sie und schweigen wieder.
Der Biber sammelt dennoch Holz
und denkt sich still: Was soll's –

WARUM DIE AMSEL SCHIMPFT

Wer hat der Amsel denn versprochen,
ihr frische Wurmsuppe zu kochen?
Das war bestimmt so einer,
der gerne lügt, ein hundsgemeiner

Blender allerfeinster Sorte!
Der findet noch die schönsten Worte
für etwas, das er gar nicht kann.
Sah sie ihm nicht das Blenden an?

Die Amsel wurde arg betrogen,
ihr wurde ins Gesicht gelogen!
Nun fliegt sie schimpfend durch den Garten,
sie schimpft vom langen Warten.

IN MEINEM HALS

Es sitzt ein Frosch in meinem Hals,
beginnt ganz laut zu quaken, als
ich kluge Sachen sagen mag,
der Frosch quakt mit, den ganzen Tag.

In meinem Hals der Frosch bleibt fit,
er treibt viel Sport, isst Mittag mit,
er möchte hundert Jahre werden
und, wenn das ginge, niemals sterben.

Zur Nachtzeit ist der Frosch dann still,
er unkt nur, wenn ich sprechen will.
Ich trinke viel, ihn wegzuspülen,
mach Kopfstand, springe oft von Stühlen,

nur sieht der Frosch partout nicht ein,
wenn ich nicht schlafe, still zu sein.
Und tauche ich, den Mund weit offen,
im nahen See, bleibt nur zu hoffen,

dass ihn dann Heimweh packen wird,
er andre Frösche rufen hört.
Ich zähl bis drei und er ist fort,
quakt nie mehr mir ins kluge Wort.

REGENLIED

Die Frösche besingen den Regen,
erdichten, vor sumpfigem Segen,
ein Liedlein auf Feuchte und Schimmel
und schwimmen vergnügt in den Himmel.

Ein Kohlweißling möchte kaum glauben,
was sich die Amphibien erlauben:
„Die sollen mal schön nur quaken
und zapplige Schnaken jagen!“

Da kommt, graziös verbogen,
ein hungriges Fröschlein geflogen,
erbeutet den Miesepeter
als Mitternachtssnack, für später.

BEI EBBE

Bei Ebbe, da schwimmen die Fische im Sand,
dass sie nicht ersticken, das ist allerhand.
Wer das jetzt bezweifelt, der tickt leider richtig,
denn Logik ist schlicht diesen Fischen nicht wichtig.

Die Logik ist hier nur ganz schwer zu ertragen,
da sucht man Beweise, wenn's geht noch nach Tagen.
Wen kümmert denn so was? Nicht Ebbe, noch Flut.
Die Fische sind glücklich, es geht ihnen gut!

LIED VOM ORDINÄREN HERING

Heringe sind kleine Schweine,
pupsen sie doch gern im Schwarm.
Hemmung hat der Hering keine
in Bezug auf seinen Darm.

Statt sich sittsam zu benehmen,
pupst der Hering sein Hallo,
pfeift auf ausgewählte Themen,
was er sagt, ist was fürs Klo.

Feinde hat der Hering viele,
wenn Gefahr droht, furzt er los,
Wale, Robben und Delphine
wüssten sie vom Blähen bloß,

wär der Hunger wohl verdorben
auf den Spitzenspeisefisch.
Blieb auch dir sein Tun verborgen,
lag er oft auf deinem Tisch?

KRABBENGANG

Wollen Krabben, wenn sie seitwärts gehn,
denn die Welt mit andern Augen sehn?
Bestimmt fühlt sich das an wie nie zuvor,
statt der Nase folgt man seinem Ohr.

Ob das linke, ob das rechte, ist egal,
jeder hat natürlich freie Wahl.
Darum wund're dich nicht, wenn demnächst
du mich lieber seitwärts gehen siehst.

STERNMULL

Der Sternmull grub am Bachgrund tief,
weil dort noch ein Geheimnis schlief.
Er grub mit seiner Fingernase
samt angehängter Schnüffelblase.

Die Schnüffelblase voller Luft
erstöbert Tier- und Pflanzenduft,
des Bachgrunds Rätsel, eingesammelt,
wär tief im Wasser fast vergammelt.

Es ist kein Schatz, falls ihr das denkt,
nichts, was man zum Geburtstag schenkt,
nichts für den Hals, nichts für die Füße,
kein Passwort, keine Liebesgrüße.

Wir müssen uns wohl eingestehen,
des Rätsels Lösung nie zu sehen.
Der Sternmull, dieser freche Wicht,
verrät, was er dort fand, uns nicht.

KLEINES ABENTEUER

Ach, arme alte Federmappe,
du hältst seit Jahren deine Klappe,
obwohl du viel zu schlucken hast.

Ob Bleistift, Füller, Lineal,
das alles schlingst du allemal,
du Opfer wilder Klassenmast.

Nur wenn du Tinte trinken musst
und dich bekleckerst, wird bewusst,
wie alt du bist, und wirst zur Last.

Dann landest du im Tonnenschlund
und machst die Tonne kugelrund
und fühlst wie Jonas dich als Gast.

Die Tonne rollt zum Ozean
und plumpst ins Wasser mit Elan,
ein Wal ist sie, nur fast.

DER AUTOMAT

Wie kann der kleine Automat
denn niemals Bauchweh haben?
Gesünder wäre Obstsalat,
das wissen selbst die Raben,

die frech von seinem Kopf herab
in fremde Finger zwacken.
Nicht einer kriegt hier Süßes ab,
weil sie nach Münzen hacken.

„Du blödes Ding wirst niemals reich!",
verspotten ihn die Raben,
es scheint, dass sie an diesem Streich
die größte Freude haben.

Der Automat wird abgeschraubt,
er konnte nichts verkaufen,
verfällt, des Farbenspiels beraubt,
zum elendigen Haufen.

KOMPLIZE

Es rupft, um Herbst zu spielen,
ein Sperling Blätter aus.
Er zupft das Grün samt Stielen
tagein, tagaus, zuhauf.

Die Kronen werden kahler,
zerzaust schon jeder Park,
die ganzen Blätter stahl er
dem Sommer bis aufs Mark.

Da kommt der Herbst mit Hieben,
den Spatz verweht er weit.
Wo ist der Knirps geblieben?
Weiß jemand hier Bescheid?

Der Herbst tobt ungeheuer,
kein Blatt blieb seiner Lust –
verlorne Wipfelfeuer!
Hat das der Spatz gewusst?

DAS ZELT

Im Park vor meinem Fenster,
da steht ein Zirkuszelt,
es wurde über Nacht
dort einfach hingestellt.

Es hat blaugelbe Streifen,
doch Tiere seh ich nie,
und ebenfalls Artisten
vermiss ich irgendwie.

So ist das Zelt gekommen
und wird auch wieder gehn.
Hat irgendjemand außer mir
das Zelt hier stehen sehn?

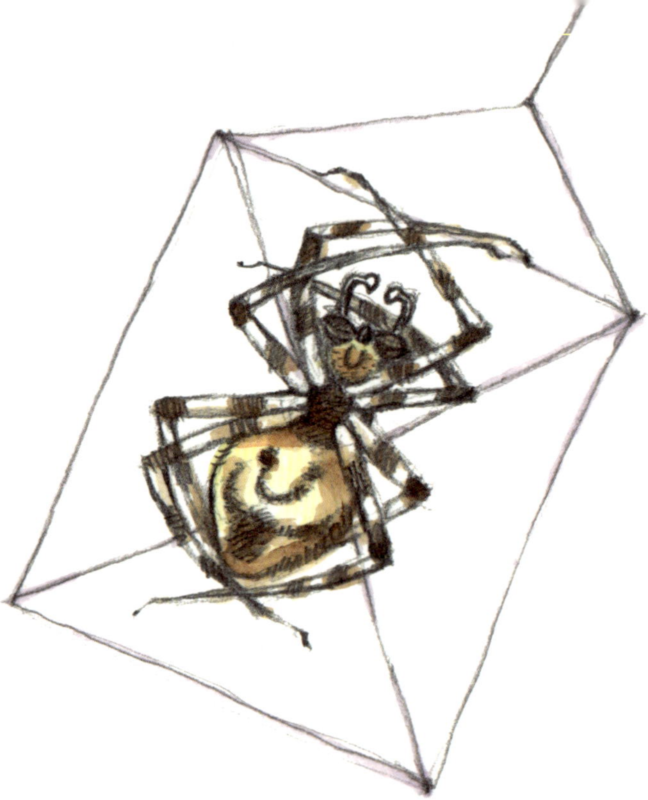

SPINNEN

Die Spinnen müssen spinnen,
ob draußen oder drinnen,
sie spinnen sich ein Mehrzweckhaus,
das sieht dann meistens löchrig aus.

Die Spinnen müssen spinnen,
als wären sie von Sinnen,
wenn eine mal nicht richtig spinnt,
dann nur, weil Mücken alle sind.

Die Spinnen müssen spinnen,
als gäb's was zu gewinnen,
im Jackpot ist ein Fliegenschwarm,
ganz frisch und beinah gaumenwarm.

Die Spinnen spinnen immer,
und täglich wird es schlimmer,
sie spinnen emsig, und auch du,
spinnst, wenn du willst, etwas hinzu.

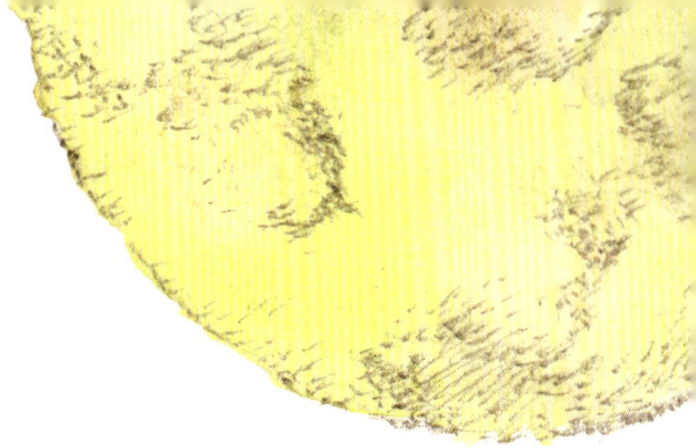

KOPFWEH

In maroden Räumen hausen
Geister, die oft Kopfweh haben.
Nachts hörst du sie polternd klagen,
wie wenn draußen Stürme brausen.

Kopfweh ist ein übles Leiden,
das die Geister gern vermeiden,
legen Kopf und Weh ganz schlicht
in den Keller – ihr Gesicht

müssen sie dabei verlieren,
wenn auch nur für kurze Zeit,
weil auch Geister mal probieren,
frei zu sein von Eitelkeit.

SCHAURIGES GEISTERLIED

Zu Halloween, zu Halloween,
da gehen wir von Haus zu Haus.
Und wenn wir durch die Straßen ziehn,
ziehn mit uns die Gespenster aus.

Sie kommen aus den Kellern hoch,
aus Gräbern, aus geheimen Ecken,
sie kommen aus dem kleinsten Loch,
kein Geist muss sich heut Nacht verstecken.

Gerippchen springt uns frech voraus
und klappert mit den dürren Knochen,
aus einem Schornstein qualmt's heraus,
da wird wohl einer Suppe kochen.

Wir gehen hin und klopfen an
und sagen lauthals unsre Sprüche.
„Lass uns herein und gib uns dann
aus deiner warmen Suppenküche!"

Es öffnet sich die Tür, es spricht
uns einer an, den wir nicht sehen.
„Ein Gaumenschmaus wird mein Gericht,
ihr müsst nur in die Küche gehen!"

Wir treten ein, ein Riesenkessel
glüht fauchend auf dem großen Feuer.
Darin schwimmt nur ein Ohrensessel,
uns ist die Suppe nicht geheuer.

„Kommt, springt, ihr kleinen Kinderbraten!“,
ruft nun die Stimme, „Ich will essen!
Zum Glück seid ihr hierher geraten,
ich hätte fast das Fleisch vergessen!“

Jetzt packt uns einer am Schlawittchen,
wir schweben kreischend überm Kessel.
Darin schwimmt wimmernd das Gerippchen
nebst durchgekochtem Ohrensessel.

Da blinzt ganz zart durchs kleine Fenster
der erste rote Sonnenstrahl,
wie Mehl zerstäuben die Gespenster.
Wir fallen, im Gesicht ganz fahl,

nun plauzend auf die alten Dielen.
Der Spuk hat uns arg mitgenommen.
Wir wollen lieber draußen spielen,
als in ein Geistermahl zu kommen!

ANTENNCHENS SCHICKSAL

(für Marcus)

Im Wintersturm wankt die Antenne
und wäre lieber eine Henne,
denn ihr verehrter Wetterhahn
dreht sich verlassen nebenan.

Sie biegt sich kunstvoll mit den Winden,
will hennenhaften Eindruck schinden,
nur mag ihr das nicht recht gelingen,
wie das meist ist in solchen Dingen.

Ein Blickfang will Antennchen sein
und redet auf den Sturmwind ein:
„Mach mich doch rasch zur Wetterhenne,
mein Selbstwert schrumpft, bleib ich Antenne."

Der Sturm erfüllt die Bitte schlicht,
worauf sie von den Schindeln bricht,
sie plauzt ins Hühnerscheunenfenster,
nun glauben Hühner an Gespenster.

VOM GEHEN UND SEHEN

Ein blindes Huhn kommt froh zu mir:
„Ich hörte, du hast Hühneraugen.
Ich weiß, dass diese Augen dir
bei Weitem nicht zum Gehen taugen!"

„Du liebes Huhn, da hast du recht",
sag ich, und hebe meinen Fuß,
„mir geht's beim Gehen wirklich schlecht
und auch, wenn ich lang stehen muss."

Das Huhn pickt sich zwei große Augen
und eines als Ersatz heraus.
Wofür auch immer sie ihm taugen –
Ich geh nun besser gradeaus!

AUF DEM DACHBODEN

Vor Wut, dass Worte Krallen haben
und achtsam Gutes in sich tragen,
heb ich was Kleines hoch und sag,
was ich hier nicht verschweigen mag:
„Du bist ein Ding, vor allen Dingen
kannst du nicht sprechen oder singen!"
„So lang ich nicht verzaubert bin,
hast du wohl recht", sagt da das Ding.

LEKTION

Der Türspalt ist noch nicht sehr alt,
so circa vier Minuten.
Im Innern wird das Zimmer kalt,
der Türspalt lässt vermuten,

dass Neugier wenig Skrupel hat,
das ist ihr angeboren.
Sie isst sich mit den Augen satt
und auch noch mit den Ohren.

Der Türspalt will nicht Werkzeug sein,
bestellt sich einen Windstoß.
Er klemmt Frau Neugiers Nase ein,
es knallt – die ist er los!

ZAHNREISEN

Ein Zahn fährt gerne Eisenbahn
und hat er sich auch mal verfahrn,
so nimmt er einen andern Zug,
vom Zugfahrn hat er nie genug.

Der Zahn, groß wie ein Sägespan,
kennt wirklich jeden Reiseplan*,
er fühlt sich heimisch auf den Gleisen
und möchte nur auf Gleisen reisen.

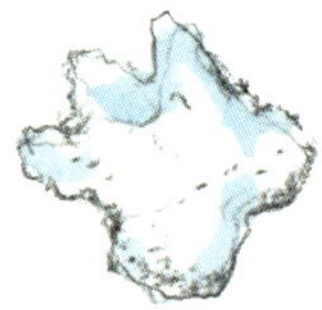

Der Zahn war mal ein Wackelzahn
und hing am roten Zahnfleisch dran,
er fiel heraus mit Saus und Braus
und wanderte zur Tür hinaus.

Der Zahn reist eine Ewigkeit
und nennt sich heimlich Zahn der Zeit.
Er spürt so gern die Dimensionen,
die diesem Titel innewohnen.

** genau wie jeden Speiseplan*

DIE ZAHNBÜRSTE

Ihr Kopf, oft in den Mund genommen,
ist arg zerzaust ans Licht gekommen.
Ob ihr das schmeckt, kann niemand wissen,
weil Widerrede wir vermissen.

Sie fegt im Hallraum unsrer Worte
oft Bratwurst und Geburtstagstorte.
Die Zunge duckt sich, wenn sie wütet,
als ob sie kleine Silben brütet.

Ach, wie sie sich halb bucklig schuftet,
dass alles, was wir später sagen,
egal, ob wir was Schickes tragen,
nach Wahrheit und nach Minze duftet.

KLEINES LIED

Das Kleine ist so winzig klein,
das kannst du gar nicht sehn,
das Große ist so riesengroß,
da gibt's nichts dran zu drehn.

Das Eckige ist manchmal rund,
mitunter ist es flach,
und wer grad aufgestanden ist,
der ist noch lang nicht wach.

Die Augen sehen Vieles nicht,
das Herz sieht Manches ein,
und wenn die Zunge wortlahm ist,
dann wiegt sie wie ein Stein.

Der Kopf ist für das Denken rund,
da ändert sich nichts dran,
und falls du ihn auch nicht benutzt,
er bleibt ein Leben lang.

BALLON IM WIND

Was wird aus deiner lieben Luft,
wer könnte das denn wissen?
Und wenn sie irgendwo verpufft,
wirst du sie dann vermissen?

Kannst deine Luft im Luftballon
ja nicht mehr wiederhaben.
Sie schwebt dir einfach so davon.
Wohin wird sie getragen?

Womöglich platzt, entflogen kaum,
dein Luftballon an einem Baum,
und dieser Baum – kann das nicht sein?,
der atmet deinen Atem ein.

FLOCKENTÄNZE

Siehst du auch die Flocken tanzen?
Alle haben kältefrei.
Alle wirbeln ohne Ranzen
keck am Fensterglas vorbei.

All die kleinen Flockenkinder
müssen nicht zur Schule gehn,
denn der alte Lehrer Winter
will sie heute tanzen sehn.

Doch, da ist ja eins mit Ranzen,
lernt Vokabeln, zählt bis zehn.
Flockenkind, lass das mal sein.
Dieser Tag ist da zum Tanzen!

DAS ORLY

Das Orly, ungern Konsument,
hat schlicht vor lauter Müdigkeit,
in aller Abgeschiedenheit
den neuen Lebensstil verpennt.

Das Orly ist sich selbst genug.
Es träumt und liest in Wolken gern,
es zählt seit Jahren Stern für Stern
und feiert jeden Atemzug.

Das Orly kennt kein Internet.
Die Winde nennt es Hügelhüpfer.
Die Hügelhüpfer blähen Schlüpfer.
Es pfeift mit ihnen im Duett.

Das Orly wurde jüngst entdeckt
und zum Beweis recht schnell geknipst.
Es hat sich überaus erschreckt,
fiel hin und wurde eingegipst.

Nun liegt es in der Chirurgie
und wundert sich die ganze Zeit,
es sammelt jede Albernheit,
und für die Bettflucht Energie.

PIXEL

Ein Pixel findet nichts daran,
ganz still im Bildschirm zu agieren.
Es ist, wenn Strom fließt, endlich an
und möchte auch noch Kunst studieren.

Van Gogh, Picasso, Fragonard
bezeugen, was genialisch war.
Das Pixel zieht den Kittel an
und übt beharrlich, jahrelang.

Der Kunstmarkt hat es übersehn,
weil es so klein und eckig ist.
Das Pixel seinerseits vergisst
beim Malen, dass es Ruhm vermisst.

Nicht einmal, geistreich dazustehn,
versucht das Pixel, wenn es schöpft.
Die Gönner bleiben zugeknöpft,
es malt, sich selbst beseelt zu sehn.

ENTZUG

Die Muse mit der bunten Bluse,
die hat genug vom Küssen,
die arme, ausgebrannte Muse
will nie wieder küssen müssen.

Die Lippen sind ihr schon ganz taub,
weil wirklich jeder Hansel denkt,
dass er sie braucht, nur mit Verlaub,
Kusswunder werden nicht verschenkt.

Ab heute sind sie eingestellt,
die Küsse einer Muse,
ganz ohne Muse kreist die Welt,
zum Trocknen hängt die Bluse.

INHALTSVERZEICHNIS

Das Manuskript zum Buch „Der Kopf ist für das Denken rund“ wurde gefördert durch die Kunststiftung Sachsen-Anhalt und die Kloster Bergesche Stiftung.

Danilo Pockrandt hat die Gedichte geschrieben, sie illustriert und gestaltet.

Gedruckt wurde in der Druckerei H. Berthold auf Fly Weiß, 150g/qm. Gebunden wurde in der Müller Buchbinderei GmbH in Leipzig. Der Hasenverlag Halle gibt die zweite Auflage 2016 mit 1.000 Büchern heraus.

Hasenverlag GmbH
Gabelsbergerstr. 5
06114 Halle
Email: hasenverlag@web.de
www.hasenverlag.de

ISBN 978-3-939468-91-2

Die deutsche Nationalbibliothek verzeichnet diese Publikation in der Deutschen Nationalbibliografie; detaillierte bibliografische Daten im Internet unter http://dnb.dbd.de abrufbar.